L'HISTOIRE
DE
JEANNOT LAPIN

L'HISTOIRE DE
JEANNOT LAPIN

BEATRIX POTTER

TRADUIT DE L'ANGLAIS PAR
VICTORINE BALLON
& JULIENNE PROFICHET

LONDON
FREDERICK WARNE & CO. LTD.
AND NEW YORK

© Revised Edition 1973

FREDERICK WARNE & CO. LTD.
LONDON ENGLAND

ISBN 0 7232 0651 1

PRINTED IN GREAT BRITAIN FOR THE PUBLISHERS
BY WILLIAM CLOWES & SONS, LIMITED
LONDON, BECCLES AND COLCHESTER
186.275

Un jour, de grand matin, un petit lapin se reposait sur le bord d'un talus.

Tout à coup il dressa les oreilles et écouta; il reconnut le trottin-trottant d'un poney.

Un cabriolet s'avançait sur le chemin; il était conduit par Monsieur Mac Grégor, et Madame Mac Grégor était assise à ses côtés; elle avait mis son plus beau bonnet.

AUSSITOT que le cabriolet fut passé, Jeannot Lapin descend sur le chemin—un bond, un saut—et il vient faire visite à sa famille qui habite dans le bois, derrière le jardin de Monsieur Mac Grégor.

CE bois était plein de terriers et dans le plus propre et le plus sablonneux vivaient la tante de Jeannot et ses cousins —Flopsaut, Trotsaut, Queue-de-Coton et Pierre.

Madame Lapin mère était veuve; elle gagnait sa vie en tricotant des mitaines faites avec du poil de lapin (une fois, j'en ai acheté une paire à une vente de charité). Elle vendait aussi des herbes, des feuilles de romarin pour la tisane, et du tabac de lapin (que *nous* appelons lavande).

JEANNOT ne désirait pas beaucoup voir sa tante.

Il fit le tour du sapin et faillit tomber sur le dos de son cousin Pierre.

PIERRE était assis et avait
l'air souffrant. Il était
enveloppé d'un mouchoir de
poche en coton rouge.

"Pierre"—chuchota Jeannot
Lapin—"qui a pris tes habits?"

"L'ÉPOUVANTAIL du jardin de Monsieur Mac Grégor," répondit Pierre, et il raconta comment on lui avait donné la chasse dans le jardin, et comment il avait perdu ses sabots et sa jaquette.

Jeannot s'assit à côté de son cousin, et lui affirma que Monsieur et Madame Mac Grégor étaient partis en cabriolet, et certainement pour toute la journée, car Madame Mac Grégor était coiffée de son plus beau bonnet.

"JE voudrais tant qu'il pleuve," dit Pierre.

Comme il exprimait ce désir, il entendit à l'intérieur du terrier la voix de Madame Lapin mère— "Queue-de-Coton! Queue-de-Coton! va encore chercher de la camomille!"

"Si je faisais une promenade," dit Pierre, "cela me ferait peut-être du bien."

JEANNOT et Pierre s'en
allèrent, se tenant par la main,
et grimpèrent sur le haut de la
muraille qui se trouvait au fond
du bois. De cet endroit, ils
regardèrent dans le jardin de
Monsieur Mac Grégor. Ils pou-
vaient voir distinctement l'épouvantail fait avec la jaquette de
Pierre et ses sabots. Monsieur
Mac Grégor l'avait coiffé d'un
de ses vieux bérets de laine.

"CELA abîme les vêtements des gens de passer sous les barrières," dit Jeannot; "la vraie manière d'entrer dans un jardin c'est de se laisser glisser le long d'un poirier."

Pierre tomba la tête la première; mais il ne se fit pas de mal car la plate-bande venait d'être ratissée et était tout à fait moelleuse.

ON y avait semé des laitues. Ils laissèrent sur la plate-bande beaucoup d'empreintes de petits pas très drôles, surtout Jeannot qui portait des sabots.

"IL faut d'abord récupérer tes vêtements, Pierre," dit Jeannot, "afin que nous puissions nous servir du mouchoir de poche."

Ils enlevèrent les vêtements de l'épouvantail. Il avait plu pendant la nuit; il y avait de l'eau dans les sabots, et la jaquette avait un peu rétréci.

Jeannot essaya le béret de laine, mais il était trop grand pour lui.

IL eut l'idée d'emplir le mouchoir de coton rouge avec des oignons, pour les offrir à sa tante.

Pierre n'avait pas l'air de s'amuser beaucoup; il lui semblait toujours entendre des bruits inquiétants.

JEANNOT, au contraire, était comme chez lui, et il mangea une feuille de laitue.

"J'ai l'habitude de venir dans ce jardin avec mon père, cueillir des laitues pour le repas du dimanche," dit-il.

(Le nom du papa du petit Jeannot était Monsieur Jean Lapin père.)

Les laitues étaient vraiment délicieuses!

PIERRE ne voulut rien manger; il aurait préféré s'en retourner chez lui. Même il laissa tomber la moitié des oignons.

CE n'est pas possible, avec un paquet de légumes, de remonter par le chemin du poirier," dit Jeannot. Et ils suivirent un petit chemin fait de planches. Ce chemin, ensoleillé, courait le long d'un mur en briques rouges.

Des souris, assises sur le seuil de leur porte, cassaient des noyaux de cerises; elles jetèrent un petit coup d'œil à Jeannot et à Pierre.

UN peu plus loin, Pierre lâcha de nouveau le mouchoir.

JEANNOT et Pierre se trou-
vèrent au milieu d'un tas de
pots à fleurs, de châssis et de
baquets. Pierre entendit des
bruits plus effrayants que ja-
mais, et il ouvrit des yeux
"comme des portes cochères."

Il précédait son cousin d'un
ou deux pas, quand tout à coup
il s'arrêta.

ET regardez ce que les deux petits lapins virent au détour de l'allée.

*   *   *   *   *

Jeannot jette un coup d'œil, et, dans moins de temps qu'il n'en faut pour le dire, il se cache avec Pierre et les oignons sous un grand panier.

LA chatte, qui dormait au soleil, se dressa sur ses quatre pattes et s'étira; puis elle vint flairer autour du panier.

Peut-être aimait-elle l'odeur des oignons! Je ne sais, mais en tout cas, elle s'assit sur le haut du panier.

ELLE resta là pendant *cinq heures*.

* * * * *

Je ne puis vous dépeindre Jeannot et Pierre sous le panier, parce qu'il y fait très noir, et aussi à cause de la mauvaise odeur des oignons. Cette odeur était si terrible qu'elle arrachait des larmes à Jeannot et à Pierre.

Le soleil descendit derrière le bois. Le soir vint, mais le chat restait toujours assis sur le panier.

A LA fin, on entendit le bruit de petits pas, et quelques débris de mortier tombèrent du haut de la muraille.

La chatte dressa la tête, et vit Monsieur Jean Lapin père marchant fièrement sur le haut du mur de la terrasse.

Il fumait une pipe de tabac de lapin et tenait une badine à la main.

Il était à la recherche de son fils.

MONSIEUR JEAN LAPIN père méprisait fort les chats.

Il fit un bond prodigieux, sauta sur l'animal, le chassa du panier, et d'un coup de pied le lança dans la serre en lui arrachant une bonne poignée de poils.

La chatte fut trop surprise pour rendre la pareille.

QUAND Monsieur Jean Lapin père eut chassé la chatte dans la serre, il ferma la porte à clef.

Puis il revint vers le panier, sortit son Jeannot par les deux oreilles, et le fouetta avec sa petite badine.

Après, ce fut le tour de Pierre.

IL retira ensuite le mouchoir avec des oignons, s'en chargea, et sortit du jardin.

UNE demi-heure plus tard, Monsieur Mac Grégor vint à son jardin; il remarqua plusieures choses qui l'étonnèrent fort.

"Tiens," se dit-il, "quelqu'un s'est promené par ici avec des sabots; mais comme les empreintes sont petites! Et puis, comment la chatte s'y est-elle prise pour s'enfermer à clef dans la serre avec une clef restée au dehors?"

QUAND Pierre rentra à la maison, sa mère lui pardonna, parce qu'elle était contente de voir qu'il avait retrouvé ses sabots et sa jaquette. Queue-de-Coton et Pierre plièrent le mouchoir; et Madame Lapin mère fit des bottes d'oignons qu'elle suspendit au plafond de la cuisine, avec des paquets d'herbe et de tabac de lapin.